内田るみ詩集

地に咲く花

詩集　地に咲く花＊目次

I

II

Ⅲ

詩集　地に咲く花

I

春の嵐

春の嵐は
激しいほど良い

山から
降りてきた風が
冬の間にひしめいていた
重い雲を
流してしまうくらいに

嵐は
吹き荒れるほど良い

雲がひとつもない
青い空を連れてきて
どこまでも
見渡せる青空が広がるくらいに

嵐は
悲しいほど良い

今まで見たことがない
新しい春を
連れてくるために

起源

地球が生まれた日のように
山際が赤い

地球の起こりと
今日を沈む太陽が重なる

こんなにも
地球は美しかったかと

花火

暗闇に
光の筋が生まれ
花ひらく美しさ
暗闇に生まれた
人々の祈りは
光の筋となり
やがて

花となってひらいた
死者のために
生まれた花火は

今
生きる者に
道筋を
示してくれる

献花

水仙のように
春をもたらしてくれたあなた

薔薇のように愛され
愛することを
教えてくれたあなた

向日葵のように
太陽の方を向いて

生きていたあなた
百合のように香り
様々な人を振り向かせたあなた

死者へつながる
彩りある海が
匂いという飛沫を立てて
波打っている

美しく晴れた日に

こんなに晴れた日に
高く澄んだ空も
見上げないようでは
悲しいではないか

こんなに美しい日に
鳥の囀りにも
川が流れる音にも
耳を澄まさないようでは

寂しいではないか

たとえ
辛いことがあるからとはいえ

こんなに美しく
晴れた日に

泥をつかむ

街中を流れる川に
鯉がうねるように
連なっていた

鯉は
道を迷ったのか
それとも
この道を選んだのか

細い川を
何匹もの鯉が
泥をつかむように
登っていく

大きな川につながる
この細い川を
はみ出すくらいの勢いで
大きな川に辿り着くために

月虹

雨が止んだ夜
雲が切れた夜
月の光の下
虹がかかる

耳を澄ますと
目を凝らすと
夜の底に
白い虹が

彼方への道のりを
結ぶように架かっている

雲から現れた月は
いつしか
いなくなったあなただったか

見上げるほどに
彼方まで
虹が照らし出されている

墓地

この世界に咲くことができて
虫を呼んで
雨に打たれて
風に吹かれて
種を落としていくことができたろうか

墓地に咲く花ほど
美しい花を見たことがない

木の葉が風に吹かれる中
枯れていく花の側で
新しい若葉が膨らみ始める

小窓

ユトリロの絵には
小窓が似合う

世の中に怯えて
小さな窓から
外を見ることしかできない

外の通りには
大きなお尻をした女性が

我が物顔で歩いていて
ユトリロは
どこか光の入らない
階段に腰をおろして
外の気配に
耳を澄ませながら
青空に続く道を描いている

シャガール

彼は
戦争を描く時は
真っ黒で

愛を描く時は
彩りのある色を使う

赤は情熱で
青は冷静の色

まるで幽霊のように澄んだからだの女性が
絵の中を漂っている

絵を描くことは生きること

彼はそれから
愛の画家と呼ばれて
ベラのもとへいった

たくさんの絵を残して

地に咲く

湧き立つように
連なった花弁や
雲のように
柔らかな花弁が集って
咲いているのは

昔
たくさんの命が
生きていたからなのだろうか

この真夏の空の下
命を輝かせて
生きているのは

地に咲く美しさを教えるために
戻って来たのだろうか

＊
模擬原子爆弾投下跡地にて
昭和二十年七月二十六日、大阪市東住吉区田辺に模擬原子爆弾が投下された。

秋の鐘

鳴り響く金木犀に
生命が集ってくる
降ってくる香りが
重なり合い
鳴り響くように

秋の鐘を鳴らしている

さるすべり

すべってすべって
誰も辿り着けないところに
真っ白な花が咲く

Ⅱ

アンネ・フランクならば

アンネ・フランクならば
あなたに会えてよかったわ
と言うだろう

アンネ・フランクならば
素晴らしい日だったわ
と言うだろう

アンネ・フランクならば

生きていてよかったわ
と言うだろう
アンネ・フランクならば
言うだろう
今日という日を
生きていてよかったわ、と

澄んだ目

見えない目ほど
澄んだ目を知らない

物が見える目は
世の中を映して
次第にくもり
世界が
ありのままに見えなくなるからか

見えない目ほど
音や匂いで
物の姿を象ることができるからか

世界そのものが見えるようになるからか

見えない目ほど
澄んだ心を知らない

澄んだ目ほど
ありのままの世界を見ることができる

生きた証

生きていると
傷がつく

いつしか
涙が流れてきて
涙を流すまいと
怒りや
憎しみが

生まれてくる

涙が止まった時
怒りや
憎しみが
からだの一部になるよりも

地面から足元まで
浸されるくらいに
涙を流す方がよいではないか

いつしか
生きるために
生まれた傷が

形を変えて
懸命に生きた証となり
これからを
生きる支えとなるならば

八色の虹

からだを刺した破片は
生きるほどに
痛みを伴い
血のように
涙が流れる

以前よりも
高揚した頬は
まるで生きることを

かみしめているよう
光が差せば
誰にも見えない色の
虹が
彼方に
八色の虹が

はためくことを

生と死とは
表と裏で
風が吹くと翻る

夜空に
風が吹き抜けて
からからと
入れ替わることの恐ろしさ

はりつめたように
凍った世の中から
決して
裏返るまいとする辛さ

何よりも
命は
青空に
はたはたと翻ることが
心地よく

どこまでも続く
美しい青空に

いつまでも
はたはたと
はためくことを夢見ている

冬の歌

冬こそ
歌が響く季節はない
冷たい夜ほど
冴える星はない

冬の日に
歌う歌こそ響き
輝く星こそ冴えている

八月の風

八月の風ほど
死者を呼ぶ
悲しいものはない
死者を送る
淋しいものはない

八月の風ほど
熱をさらい
熱狂するものはない

雲をあつめて
嵐になるものはない

八月の風ほど
生命に語りかけ
歌うものはないのだから

翼を

裂けたように細い
雲を重ねて
力強く羽ばたけば
翼になるのだろうか

冬に象られた
細い雲が
羽ばたくことを願っていた

翼は
風によって裂けたのか
生きることによって裂けたのか

鳥が翼を広げるためには
冬の風を
押し上げねばならない

翼を広げて
羽ばたかねばならない

たとえ嵐を呼ぼうとも

受容

受容できるのは
薄い雲の切れた
あの日の晴れた空

窓から見える
校門の前を歩く老人
校舎の中にあるのは

自己を曲げる
においのしないセーラー服

青草

目を閉じると
真っ青な空の下
細すぎる青草が
風に揺られていて
とても痛い

真っ黒な土から

真っ青な空へ
均一に伸びようとする
田園の青草

毎年
繰り返される風景に

とんぼが
生命を
夕陽に輝かせながら生きている

滴るような

水が滴るように
うるわしい言葉は
まるで
濁流に流されていったように
溺れそうな
苦しそうな言葉が
乾いた大地に

あふれるようになり

滴るような言葉は
いつしか姿を見せなくなった

どこかで生まれた風が
一筋の涙をはこんでくる

まるで
枯れた大地に

清らかな流れが生まれ
緑が茂り
水が滴るような

向日葵

描かれたのは
国と同じ色である
青空と
向日葵の花だった

灰色の空の下
太陽を探している
向日葵は

壕の中で
口ずさむ
歌声にのって

歌声に涙する
涙で流されて

ここは青空の下

どこまでも広がる青空に
一面の
向日葵畑が広がっている

明ける

暗闇に
線を描くのは
言葉であり

形を浮かび上がらせるのは
歌である

それが
怒りを帯びた歌であれば

より鮮明に
暗闇から浮かび上がってくるようで

しかし
この暗闇で震えているのは
命そのもの

今
望んでいるのは
何よりも
この暗闇が明けることで

闇が明ける時に
差す光ほど

眩しい光はない

暗闇を生きるからこそ
光の差す方へ
歩いていける

見上げようではないか
光の差す方を

歩いて行こうではないか
明ける方へ

Ⅲ

重み

からだは
なんて重いのだろう

死者は生きている者より
ずっと重い

生きている者の
生命を支えているのは
明日を生きなければいけないという

思いだろうか

からだがあっても
明日を向いて
両手を振って歩き出さねば
生命は輝かない

生きようという思いがなければ

春を望む

戦争があっても
病になっても

春が来るのが
望みだった
花が咲くのが
夢だった

夢がさめても花が咲き

春が来るように
季節は巡って来ただろうか

空を雲が覆っても
春を待つことを
忘れなかっただろうか

冷たい雨に打たれても
花が咲くための努力を
惜しまなかっただろうか

戦争があっても
病になっても

春が来て、花が咲く
季節が巡り
花が咲いてくれることを
忘れなかったように

星

からだの一部が
ぱちぱち燃えて煙になり
夜空に上がった

いつしか
頬を流れた涙は

星となって
空に上がり
夜を照らし出している

からだの一部が
ないということは
より遠くに行けるということ
よりつかめるということ

より遠くまで見えて
聞こえるということ

星に照らし出された
夜に波紋を立てて

明ける方へ
からだを漕ぎ出していく

一滴の水

今日を生きるために
水が欲しいと
一筋の涙がこぼれる

喉が渇くと
水が欲しいように

乾いた大地も
雨が降れば緑が息づく

生命は
一滴の水から生まれた
水に生かされている
私たちは
地球という星に生きる
一滴の水であったと

月が

一人で路地裏を歩くほどに
月が高く昇り
深く輝くのはなぜだろう

暗闇に光が降りてくるのは

いつしか
夜道を歩いた時
あなたが灯してくれた

灯りが光っていて
たとえ
あなたが遠くにいようとも
夜道が深いほど
灯りが光っている

まるで
あなたが
見ているように
愛してくれたように
月が見ているようで

月がきれいですね、と
夜空を見上げて
あなたに
話しかけたくなる

秋の月

澄んだ空の下
月から
美しい光が届く

未来につながる
道筋さえも
月の向こうに
明るく見えてしまうから

真っ暗な夜に
月が出た
うさぎさえ跳ねたと
歌い出してしまう

誰よりも

誰よりも
速く走ることができる
誰よりも
遠くに跳ぶことができる
軽やかに
踊ることができる

誰よりも
高い音で
低い音で歌うことができる
私の黒い肌で
誰よりも
私自身を生きることができる

炎

暗闇の中
ろうそくの炎が
夜をつかもうとしていた

震える炎は
あなたの生きた日々は
慰霊の歌とともに

煙となって
空へ上がっていく

やがて
夜空に輝く星となるまで

島

曲がり角を覗いても
土の中に飛び込んでも
誰もいない

時折
この島は
無人島ではないかと疑ってしまう

細い路地は
滑り台になり

広い坂道は
かきわけ海になる

足音のしない土の上を
ひとり歩いている

舌で読む

暗闇に血が流れ
道筋のように夜に垂れていく
汗が滲んでも
血が流れても読みたかった
自らの力で生きたかった
暗闇に逆らうように

自らの命を灯したかった

麻痺した手足で
自らの道を進むほどに
文字の突起を追うほどに
唇が破れて血が流れていく

生まれてきてよかったと
思うほどに
まるで涙のように

＊　舌読《ぜつどく》…舌で点字を読むこと。

水がめ

ショパンの音楽が
わたしの中の
水がめを揺らして来る

水が
ひたひたひたと揺れて

水がめの底が机に
このまま落ち着いたままなのかと
静かに迷っている

ひたひたひたと
水がめの中から出たがっている
純水の中の汚物

純水も
水がめの外を見たいと
汚物と戦っている

わたしの中の
水がめを揺らしに来た
ショパンは

わたしから涙を流していく

手紙

前略
太陽が眩しくて
紙から水滴が昇ってしまいます

強い太陽と
光る夏草の中

やがて
山から雲が降りてきて

紙の心が潤うことを願うばかりです

暑さ厳しい折、ご自愛ください

草々

あとがき

前回の詩集を出してから、約十年たちました。生きることがますます困難になっていく現代、詩は生きるための光であると感じます。詩は、どんな暗闇も照らすことができる光なのかもしれません。

詩と思想研究会で、学んでいます。会では、作成した詩を読者のために推敲する大切さを学びました。これからも、詩を学び続けたいです。

二〇二四年二月

内田るみ

著者略歴

内田るみ（うちだ・るみ）

福岡県生まれ　大阪府在住

詩集『赤い靴』（土曜美術社出版販売）2013 年

日本詩人クラブ　福岡県詩人会
詩誌「詩霊」同人

詩集　地《ち》に咲《さ》く花《はな》

発行　二〇二四年六月五日

著者　内田るみ
装幀　高島鯉水子
発行者　高木祐子
発行所　土曜美術社出版販売
〒162-0813　東京都新宿区東五軒町三—一〇
電話　〇三—五二二九—〇七三〇
FAX　〇三—五二二九—〇七三二
振替　〇〇一六〇—九—七五六九〇九
印刷・製本　モリモト印刷
ISBN978-4-8120-2831-5　C0092